DEUX APPARITIONS.

DEUX APPARITIONS.

Lepoix, une Bible sous le bras, allait cheminant sur la route de Servais à Chauny. Notre pélerin revenait d'évangéliser, ou plutôt de faire l'ouverture d'un petit temple, c'est-à-dire, qu'il avait élargi les croisées d'une chambre, y avait pendu pour tous décors quelques rideaux, et puis y avait fait le prêche. La cérémonie était finie : la crainte d'être surpris par la nuit donnait des ailes à notre voyageur; il ne marchait pas, il courait. Essoufflé, excédé de fatigue, il avait été forcé de se reposer un instant. On le vit, à demi couché snr le sable; le sommeil l'avait snrpris, il s'y était endormi. Mais, il dormait à la manière des lions, les deux yeux ouverts. Tout-à-coup il aperçoit devant lui une grande ombre humaine revêtue comme d'un froc et d'un capuchon. L'inconnu s'approchant résolument de M. Lepoix lui frappa doucement sur l'épaule et lui dit avec une grande familiarité : Ah ! c'est donc toi, mon cher !

— Comment ! reprit brusquement l'évangéliste, en voilà du sans-façon, j'espère ! En voilà de la familiarité ! *Mon cher ! mon cher !* Formule banale, ridicule, qui ne sert qu'à tromper les hommes assez sots pour y ajouter foi et la prendre à la lettre.

— L'inconnu. Comme si cette formule n'était pas constamment sur tes lèvres, quand tu fais tes prêches. Il n'y a qu'un instant encore, afin de triompher sans doute de l'indifférence que tu remarquais sur la figure de tous les curieux qui avaient voulu être témoins de l'ouverture de ton temple, tu répétais sans-cesse ! *Ah ! mes amis ! Ah ! mes chers amis !* Transporté dans les nuages, ou plutôt dans les bronillards, tu avais constamment à la bouche cette formule que tu trouves maintenant si banale. *Ah ! mes amis, ah ! mes chers amis !* Et toujours *mes amis, mes chers amis.*

— Lepoix. Mais, ce n'est pas là précisément ce qui m'a choqué.

— Qu'est-ce donc ?

— Ce qui m'a choqué, c'est cet air dégagé que vous avez pris tout de suite avec moi jusqu'à me tutoyer.

— Ah ! monsieur ne veut pas être tutoyé ! Je m'en doutais bien ; c'est précisément ce que je voulais te faire avouer ; je voulais te faire la leçon. Pourquoi donc te permets-tu de tutoyer la divinité dans tes prêches, sans doute pour faire le contráire des catholiques? Mais sache donc que cet air dégagé avec la divinité est de fort mauvais goût; c'est plus que du sans-façon, cela.

— Lepoix. Ah! ne vous fachez pas. Vous avez l'air d'un procureur-général qui rend un réquisitoire. Dieu! comme vous êtes rouge de colère.

— Oui, je suis rouge de colère et j'en ai bien le sujet, certes. Tes paroles, vois-tu, ont retenti bien des fois dans les souterraines demeures : elles sont parvenues jusqu'à moi. Plus d'une fois elles m'ont fait bondir le cœur d'indignation. Ah! lorsque j'étais sur la terre, il en coûtait cher et bien cher à ceux qui avaient l'audace de me contrarier.

— Je le vois, ce n'est pas un habitant de cette terre sublunaire qui est devant moi.

— Non, sans doute; mais ce n'est que pour quelques heures seulement qu'il m'a été donné de sortir de l'affreux séjour où la main du Tout-Puissant me retient depuis tant d'années.

— Quoi! mes paroles auraient troublé l'asile des morts, et j'ai pu contribuer à vous y faire souffrir? Ombre mélancolique, qui seriez-vous donc? Qu'est-ce que toutes ces grosses tâches de sang dont vous êtes couvert? Vous en avez sur tout le corps, jusque dans les yeux, sur les paupières, sur la langue, partout. Bon Dieu! d'où vous vient tout ce sang?

— Ce sang dont la vue semble t'effrayer, tu en sauras tout-à-l'heure la source. Mon nom, tu le sauras aussi; mais, hâtons nous; car, je n'ai que quelques minutes à passer avec toi. Tout-à-l'heure il me faudra repasser le rivage des morts.

Voyons donc, explique-toi tout de suite, justifie-toi, si tu peux. Tous les jours, mon cher, tu fais bon marché de ma personne; tu ne veux qu'on prononce mon nom que comme un nom insignifiant, sans portée, qu'on peut jeter sous les pieds. Ingrat! tu le sais bien, pourtant, tu es mon disciple; tout ce que tu dis, tout ce que tu enseignes, je l'ai dit, je l'ai enseigné avant toi; en tout je suis ton maître.

— Mon maître? de quel maître voulez-vous parler? Expliquons-nous froidement, sans nous fâcher.

— Je le veux; tout de suite; ne perdons pas un instant. Eh bien! mon cher, puisque tu veux jouer le rôle de prédicant, voudrais-tu me dire d'abord quelles sont tes doctrines, tes croyances, ta religion. Voyons, n'y allons pas par quatre chemins : es-tu pour Luther? est-ce son Évangile que tu prétends enseigner?

— Laissons là Luther : eh! que m'importe un homme! *La Bible*, *la Bible seule*, voilà notre religion, voilà nos doctrines, voilà notre Évangile.

— C'est bientôt dit tout cela, mon cher ; et tu crois bonnement me donner le change, à moi? Fais donc attention que tu n'es plus ici avec ces braves gens des marais de Servais qui ont renoncé à leur foi et abandonné l'enseignement de l'Église catholique pour suivre ton enseignement *privé*, comme si tu ne pouvais pas leur enseigner autant d'erreurs qu'il tombe de paroles de ta bouche.

— Je ne puis pas les égarer : je leur enseigne la Bible.

— La Bible? Est-ce la Bible qui t'a dit de leur enseigner

ce que tu leur enseignes ? La Bible est muette, c'est une parole morte, elle ne parle pas.

— Non, la Bible ne parle pas ; mais elle parle par ma bouche ; j'enseigne ce qu'elle enseigne, je dis ce qu'elle dit, je parle comme elle parle.

— Nous y voilà pourtant, cette fois, eh bien ! mon cher Lepoix, puisque tu enseignes avec la Bible, que tu parles comme la Bible, dis-moi donc cc que tu enseignes à ces braves gens de Servais, qui, sans examen sérieux, sans aucune discussion approfondie, sans avoir pesé les objections des catholiques contre les doctrines des protestants, sans avoir examiné enfin le pour et le contre, ont tout de suite, sur ta parole, renoncé à la foi qu'ils professaient et abandonné l'Eglise catholique pour se ranger sous ta houlette pastorale, comme si tu enseignais sous le souffle de l'inspiration divine. Voyons, car jusqu'ici tu n'as pas répondu à ma question : pas de vains mots, pas de phrases inutiles, pas de subtilités ; expose moi clairement, nettement ton enseignement, tes doctrines, tes dogmes, ton Evangile ; en un seul mot, es-tu avec Luther ? Voilà la question que je te pose ; réponds.

— Mais je ne puis que répondre toujours la même chose, *la Bible, la Bible*, prenez la Bible, lisez-la, vous y trouverez toutes nos doctrines, notre religion ; de grâce donc, ne parlez plus de Luther. Que nous importe Luther !

— Cette fois, je n'y tiens plus ! Comment ! que t'importe Luther ? Mais, Grivois, tu es sorti de son école. Tu es son disciple, tu répète littéralement toutes ses lecons et tu n'oses avouer ton maître ? Luther, dis-tu, était un homme. Oui, mais un homme dont tu as accepté toutes les doctrines, duquel vous êtes tous sortis et sans moi, entends-tu bien, *sans moi* pas un seul protestant n'existerait à cette heure.

— Vous êtes Luther!

— Maintenant tu sais mon nom. Ouî je suis Luther..... Luther même en personne, ici devant toi.

— Ah! mon maître! Ah! mon maître! Ah!

— Voyons, voyons, pas tant d'exclamations.

— Ah! j'ai toujours parlé de vous avec une profonde vénération.

— Oui, vraiment! je m'en suis bien aperçu jusqu'ici! C'est, sans doute, lorsque tu cries à tue-tête, comme tu viens de le faire avec moi : eh! qu'importe Luther! Luther était un homme! oui, sans doute, c'était un homme; mais un homme à qui les protestants doivent tout, jusqu'à cette petite parole latine : *amen.*

— Oh! oui, je le sais bien!

— Oui, tu le sais bien! tu sais bien que tout ce que tu dis, que tout ce que tu enseignes, je l'ai dit, je l'ai enseigné avant toi. Tu sais que pas un homme sur terre, ni dans le sein de l'Eglise catholique, ni en dehors, n'enseignait ce que j'ai enseigné en me séparant de l'Eglise catholique; fatale séparation que je ne voulais pas et que j'étais bien loin de prévoir!

— Lepoix, Comment?

— Luther. Oui, mon cher, et puisque les morts doivent la vérité aux vivants, il faut que je te déclare tout ici : j'ai été

plus loin que je ne voulais. Je ne voulais pas me séparer de
l'Eglise catholique.

— Comment ! vous ne vouliez pas vous en séparer !

— Je n'y avais jamais pensé. Tu connais ma misérable querelle avec les Dominicains, sot duel d'amour-propre entre
deux couvents rivaux. Je voulais seulement pour la satisfaction de mon orgueil blessé obtenir gain de cause contre mes
adversaires. Mais je n'avais jamais songé à me séparer de
cette église, la seule qui existait alors. Je récitais tous les
jours avec foi, avec amour, avec bonheur, ces paroles apostoliques : *je crois la sainte Eglise catholique.* Je ne voulais
rien enseigner que ce qu'elle enseigne : cela est si vrai qu'en
présence de témoins nombreux et d'un notaire, je protestai au
nonce du pape et lui laissai une protestation en forme. dans
laquelle je déclarais que je n'avais jamais eu l'intention de
rien enseigner qui pût offenser *les doctrines catholiques, les
divines écritures, l'autorité des saints pères, les décrets des
papes ;* que si j'avais erré, j'offrais de *me soumettre au jugement du saint père Léon X*, de si glorieuse mémoire (1). A
mesure que la querelle s'envenimait avec les Dominicains, je
donnai toujours au pape les assurances les plus solennelles
de mon obéissance filiale. Un jour, ému jusqu'aux larmes,
j'écrivais au nonce du pape avec les sentiments les plus af-
fectueux : « *Oui, j'ai été violent, hostile,* irrévérencieux
» envers le nonce du pape; je suis repentant; je vous de-
» mande pardon; je dirai mon repentir à qui voudra l'en-

(1) Ce sont les propres expressions de Luther.

» tendre. Désormais je vous promets, mon père, de parler
» et d'agir tout autrement, Dieu m'aidera pourvu que vous
» imposiez silence à tous ceux qui m'ont jeté dans cette tra-
» gédie. » Comme tu vois, je ne voulais pas me séparer de
l'Eglise catholique. Car, avouons-le, c'est de cette Eglise dont
le pape est la tête, que nous avons tout reçu, le baptême, la
foi, les divines écritures, les vrais évangiles; tu sais cela
aussi bien que moi.

— On ne peut le nier. Oui, c'est l'Eglise catholique qui a
seule conservé les divines écritures, c'est elle qui a séparé
les vrais Evangiles des Evangiles apocryphes. Sans elle nous
n'aurions pu distinguer les Evangiles véritables des Evangiles
faussement attribués à saint Philippe, à saint Paul, à saint
Jacques, à saint Nicodême.

— Luther. Eh bien! cette Eglise qui nous a donné le code
sacré des divines écritures, cette église que l'on voit toujours ferme, constante, immobile depuis dix-huit cents ans,
debout sur les débris des âges passés, sur les ruines et la
poussière des trônes et des empires écroulés, cette Eglise en
qui seule se sont littéralement accomplies les promesses pro-
phétiques du Sauveur du monde touchant son éternelle durée,
c'est donc vraiment la seule Eglise fondée par le fils de Dieu;
il n'y en a pas d'autres; c'est le grand et majestueux arbre
sorti du petit grain de senevé dont tous les rameaux se sont
étendus sur tout l'univers. C'est, comme l'appelle saint Paul,
le sanctuaire, le boulevard, le ferme soutien de la vérité : c'est
la parole visible et toujours vivante du Christ : c'est la ga-
rantie certaine de la vérité des Evangiles. Hors de cette

Eglise il n'y a plus de sacerdoce chrétien, il n'y a plus de prêtre, il ne peut plus y avoir (et c'est tout ce qui reste aux protestants), que des *lecteurs de Bible ;* il n'y a plus qu'un livre livré à la merci de toutes les imaginations humaines. Aussi, tu ne l'ignores pas, toutes les saintes vérités qui y sont formulées, n'ont-elles pas déjà été successivement attaquées, niées audacieusement par toutes les sectes protestantes aussi profondément séparées entre elles que la nuit et le jour, que le ciel et l'enfer? Il n'en pouvait être autrement, car en nous séparant de l'Eglise qui, seule, *a persévéré depuis les Apôtres* et qui, seule, a reçu le pouvoir de commander l'obéissance et de prescrire ce que l'on doit croire et ce que l'on doit pratiquer, il ne pouvait y avoir parmi les *séparés,* les *schismatiques,* parmi les protestants, et il n'y a plus, en effet, dans les doctrines et les croyances que l'incertitude, le chaos, le fanatisme, la confusion des langues : je l'avais bien prévu. Aussi, cette affreuse pensée: *être séparé de l'Eglise* qui a donné aux hommes les vrais Evangiles, qui seule a donné des martyrs à Jésus-Christ, au ciel des saints, ah ! cette affreuse pensée me fesait souvent frémir et reculer d'effroi. C'était comme un affreux cauchemar, qui me rongeait le cœur; mes nuits étaient sans sommeil; j'espérais toujoursne pas consommer l'apostasie, ni jamais violerles saintes et solennelles promesses que j'avais faites avec tant de bonheur à Dieu, comme chrétien, comme prêtre, comme religieux de l'ordre de saint Augustin, devant les autels, en présence des saints religieux qui m'avaient accueilli dans leur ordre comme des frères accueillent leur bon frère. Et pour-

tant, après avoir été quatorze ans religieux, le modèle des
bons religieux, j'ai été un apostat, j'ai violé ma promesse,
j'ai été infidèle à mes vœux, à mon Dieu, à son Eglise, à
tous mes supérieurs Ecclésiastiques. Condammé par mon
évêque, j'en ai appelé au pape : condamné par le nonce du
pape, j'en ai appelé au pape lui-même dont je promettais de
suivre la voix comme celle de Jésus-Christ; enfin, après
avoir épuisé les exhortations les plus bienveillantes, les paroles de paix, les conseils de l'amitié, le pape, poussé à
bout par toutes mes criminelles résistances, par ma profonde
hypocrisie, lança contre moi un décret d'excommunication.
Furieux de n'avoir pas eu le dernier mot contre les Dominicains, je jetai feu et flammes; je devins l'ennemi implacable
de celui dont j'avais promis de suivre en tout la voix comme
celle de Jésus-Christ : j'allai jusqu'à l'appeler désormais l'Anté-Christ, et le siège du successeur de Pierre, le siège de
l'Anté-Christ, la *Babylone*; j'entrai dans la révolte à pleines
voiles, décidé à marcher seul sous la griffe du démon. Après
avoir résisté à toutes les autorités, j'en appelai à une autorité illusoire, de laquelle je savais bien que je n'avais rien à
craindre; j'en appelai à un livre, qui ne pouvait pas me répondre; je me réfugiai derrière la Bible; je me retranchai
derrière ce livre comme un insurgé derrière une barricade,
et je me mis à crier : *la Bible, la Bible seule.* On me présenta alors l'enseignement de l'Eglise qui s'est perpétuée d'âge
en âge du Christ à son vicaire, des apôtres aux évêques, des
évêques aux prêtres, des prêtres aux fidèles. On me présenta
l'autorité des Pères et des Docteurs de l'Eglise, la voix des

martyrs, des confesseurs de la foi, l'autorité de tous les siècles que j'avais juré devant Dieu, devant de nombreux témoins, en présence d'un notaire, de toujours respecter. Je répondais avec arrogance : « Hommes que tout cela ! » Comme si Jésus-Christ n'avait pas mis son autorité divine et le gouvernement de son Eglise entre les mains des hommes, et je continuai à crier : *la Bible, la Bible, la Bible seule* ; et, comme si j'étais autre chose qu'un homme, mes interprétations bibliques autre chose que des interprétations humaines, arbitraires, à chaque version que je faisais de la Bible, je criais à mes adversaires : « Cela sera ainsi, je le veux, je le » commande, on n'y changera rien, ma volonté suffit. »

Comme tu vois, je substituai mon orgueilleuse raison individuelle à l'autorité de l'Eglise, de ce grand juge dont Jésus-Christ ne permet pas de récuser le jugement, et, en criant *la Bible, la Bible seule* que je pliai aux caprices de ma raison délirante, j'ai bâti sur le cahos, j'ai ouvert la porte à tous les schismes, à tous les novateurs, à tous les sectaires qui allaient, imitant mon funeste exemple, crier comme moi : *La Bible, la Bible seule*, et, l'interprétant de mille manières contradictoires, l'un changeant une affirmation en négation (1), l'autre une négation en affirmation ; l'un disant oui, l'autre non ; l'un noir, l'autre blanc ; on allait déchirer, feuille à feuille, ligne à ligne, toutes les pages de l'Évangile et réduire à *zéro* cette adorable parole. Nous avons donc ouvert la voie à toutes les passions,

_____

(1) C'est ce qu'ont fait tous les protestants.

une voie sans issue, et rendu les discussions interminables.

— Comment cela ?

— Je vais te le faire toucher du doigt. Tu vas comprendre.
Je te le demande : Que pouvoir répondre à deux voisins qui,
se querellant sur les limites de leurs jardins respectifs, refusant obstinément d'écouter la voix souveraine d'un tribunal, les décisions d'une cour suprême, du maire de leur vil-
lage, ou du juge de paix du canton, ne voudraient s'en
rapporter qu'au code civil tel que chacun d'eux l'interpré-
terait ; que pourrait-on leur répondre pour les mettre d'ac-
cord ?

— Lepoix. Je ne vois pas trop.

— Luther. S'ils se mettaient à crier *le Code civil*, *le Code
civil seul*, et ne voulaient recevoir et admettre dans chaque
article de la loi que le sens que chacun d'eux croirait devoir
lui donner, je te le demande, la contestation élevée entre
ces deux particuliers pourrait-elle finir ?

— Lepoix. Elle ne finirait pas, elle serait interminable,
elle durerait jusqu'au jugement dernier. Comment accorder
des gens qui ne veulent s'en rapporter qu'à un livre, qu'en
l'interprétant chacun à sa guise, sans vouloir en démordre ?

— Luther. Le livre fatigué de leurs longues contestations
prendra-t-il la parole pour leur dire : « Toi, tu me comprends,
et toi, tu ne me comprends pas ; toi, tu as raison, et toi, tu
as tort. C'est pourtant là la conduite que tiennent tous les
ministres protestants, comme les catholiques ne cessent de
le leur reprocher avec tant de raison. »

— Lepoix. Je ne vois pas cela.

— Luther. Oh! est-ce bien sérieusement que tu me fais encore cette réponse? Comment, tu ne vois pas cela? Dis-moi; n'est-il pas vrai qu'en remettant la Bible entre les mains des particuliers, toi et tous les ministres protestants donnez à tous les particuliers le droit illimité d'employer cette Bible et l'interpréter comme ils l'entendront, sans écouter la voix du grand Juge, de la grande Église qui vous crie : vous vous trompez, vous donnez dans l'erreur? N'est-il pas vrai qu'en donnant à chaque individu le droit d'interpréter la Bible comme il l'entendra, vous donnez à chaque particulier le droit de ne voir qu'une institution diabolique, un dogme pervers ou inutile au salut dans tel ou tel article de la Bible, là, enfin, où d'autres verront et reconnaîtront une institution divine, un dogme fondamental, nécessaire au salut?

— C'est vrai.

— Luther. Et ce qui n'est pas moins vrai, c'est qu'au milieu de toutes ces contradictions, de ces mille sens opposés donnés aux mêmes textes bibliques, vous donnez à chacun le droit de soutenir *mordicùs* qu'il possède seul le véritable sens, qu'il est seul le bon et véritable interprète.

— Lepoix. C'est encore vrai.

— Si vrai, mon cher, qu'aujourd'hui le droit absolu, illimité donné à tous les particuliers d'interpréter la Bible est porté si loin qu'on en est venu dans beaucoup de pays protestants à faire « de nos écrivains sacrés des visionnaires » ou des menteurs, et de l'Évangile un tissu de doctrines où

2

» la vérité et l'erreur sont confondus comme dans des ou-
« vrages sortis de la main des hommes (1). »

— Lepoix. Ah ! cela n'est que trop vrai encore.

— Luther. Et, tu sais où se trouvent ceux qui font de
l'Évangile un tissu d'erreurs, et des Évangélistes des menteurs et des visionnaires.

— Lepoix. C'est au cœur même du protestantisme, en
Allemagne, en Suisse, en Angleterre.

— Luther. Précisément ; là même où le protestantisme a
pris naissance, où il est encore si vivace, *en Allemagne, à
Zurich même, parmi les ministres et les futurs ministres de
saint Évangile, dans leurs chaires pastorales, parmi les élèves
de leurs écoles normales* (2).

— Lepoix. C'est vrai, c'est vrai.

— Luther. Et tout en soutenant ces impiétés et ces blas-
phêmes, ils soutiennent comme toi, comme tous les ministres protestants, qu'ils interprètent bien la Bible, parfaite-
ment bien, qu'ils en ont le véritable sens, qu'ils en sont les
seuls bons interprètes, et que les ministres qui ne pensent pas
comme eux et qui interprètent autrement ne sont eux-mêmes
que des *visionnaires*, des *menteurs*, des *radoteurs*.

Voilà, mon cher, où en sont venus les ministres protestants avec leur Bible, avec la liberté qu'ils se sont donnée,

---

(1) Je cite textuellement les paroles du président d'une Assemblée
de ministres et ministre lui-même.

(2) C'est toujours le même ministre qui parle.

qu'ils ont donnée à tous les particuliers, femmes et enfants, de l'employer et de l'expliquer comme ils le veulent. Sur dix ministres protestants, pris au hasard, à qui on demanderait quelles sont les vérités importantes qu'ils reconnaissent dans la Bible, il n'y en aurait pas cinq pour donner une réponse uniforme. Les uns voient dans la Bible ce que d'autres n'y voient pas. La plupart même, en ouvrant leurs yeux le plus possible, n'y voient plus la divinité du Christ.

— Lepoix. Tout cela est vrai.

— Luther. Sans aller si loin, sans aller en Suisse et en Allemagne, vois ce qui se passe maintenant à Servais. Tu as remis des Bibles à quelques particuliers, à quelques femmes? Eh bien! ces femmes, quelqu'ignorantes qu'elles soient, au lieu de dire humblement avec les chrétiens de tous les temps : *Je crois la sainte Eglise catholique*, je crois ce qu'elle croit, ce qu'elle enseigne, ce qu'elle professe, elles ne veulent plus croire et s'en rapporter qu'à elles-mêmes, à elles seules, à leur petite intelligence, à leur petit concept; et, dans l'excès de leur fanatisme, ne s'imaginent-elles pas avoir plus de raison (cela est à la lettre), plus de grâces, plus de lumières, plus le saint-esprit que tous les pasteurs à qui Jésus-Christ a dit : « *Je serai avec vous jusqu'à la consommation du monde*, plus que cette église catholique à laquelle seule Jésus-Christ a dit : *Les portes de l'enfer ne prévaudront pas contre toi. Celui qui ne l'écoute pas doit être mis au rang des infidèles.* » Eh bien! avoue-le, c'est toi-même qui leur a inspiré cette exaltation, ce fanatisme, ce délire. Eh bien! cela est triste, je te le demande en présence du saint Evangile: Est-ce là l'humilité chrétienne, est-ce là la docilité que cet Evangile exige d'une brebis, des enfants de Dieu? N'est-ce pas là, au contraire, une présomption insupportable, l'excès, le comble de l'orgueil, hélas! C'est moi-même aussi qui ai donné ce funeste exemple, lorsque, justement frappé de toutes les foudres de l'Eglise, je me retranchai derrière la Bible. Oh! que je voudrais, pour le repos et le bonheur des familles, pour le repos et le bonheur de l'humanité, n'avoir jamais donné un tel exemple! Mais, comment a-t-on pu le suivre? Etait-il nécessaire que je sortisse des sombres demeures et que je vinsse te faire entendre ma voix pour t'engager à sortir de cette carrière de rebellion que j'ai eu le malheur d'ouvrir, et dans laquelle, toi, tu as eu le malheur d'entrer? Comment pouvez-vous continuer mon schisme? Comment ne vous arrêtez-vous pas devant ces convulsions, devant ces affreux déchirements des nations, devant ces fleuves de sang que mon insurrection a fait couler? Car, j'ai été le plus criminel des insurgés : en refusant d'obéir à l'autorité la plus haute et la plus vénérable qui fut jamais sur terre, j'ai ébranlé la base solide sur laquelle reposent toutes les autres autorités, sur laquelle reposent toutes les sociétés humaines; et s'il n'y a plus aujourd'hui que « de frêles autorités qu'on a créées à la » hâte, sur tous les points du globe, comme un abri au » milieu de l'orage, sur un terrain inconnu, inexploré (1), » c'est parce que j'ai ébranlé la base, la pierre angulaire qui

_____

(1) Paroles du bâtonnier des avocats à la rentrée des chambres. Voyez le *Constitutionnel* du 3 décembre dernier.

soutient tout l'édifice de la société, et, par là, j'ai enfanté
toutes les révolutions modernes (1). Ah ! si l'on savait tout

(1) Dans un livre imprimé à Paris en 1767, et qui a pour titre *Varié-*
tés d'un philosophe provincial, par M. Ch...., on lit ces paroles re-
marquables : « Toutes les idées sont si renversées aujourd'hui, qu'avant
» trente ans, supposé que cela continue, on n'entendra raison sur rien.
» Le brouillard gagne et s'étend sur toute l'Europe, au point qu'on n'y
» verrra plus clair en plein midi. » L'époque calamiteuse *où l'on ne*
devait entendre raison sur rien est arrivée, et *cela continue toujours.*
Mais, où est la cause de toutes ces maximes contradictoires, de toutes
les notions vagues et indécises sous lesquelles le bon sens et la raison
publique sont comme étouffés ? Où est le principe de cette profonde
anarchie dans laquelle nous sommes tombés, de cette anarchie morale,
intellectuelle, qui se manifeste tantôt par des attentats partiels sur les
personnes, tantôt par des crises et des secousses violentes, par lesquelles
la société souffrante s emble faire des efforts prodigieux pour se replacer
sur son ancienne base, et sortir de l'état anormal dans lequel on l'a
jetée ? Où est la cause de cette hideuse anarchie ? Des écrivains dont le
témoignage ne sera pas suspect vont nous le dire ; écoutons : « L'au-
» dacieuse théorie du libre examen, proclamée par Luther et importé de
» la religion dans la politique, a enfanté toutes les révolutions modernes ;
» mais il faut le dire, le principe qui a dominé *depuis le seizième siècle*
» tous les mouvements de la société a été un principe de destruction. » (1)
Vous l'entendez ! c'est la théorie protestante qui, depuis son départ,
depuis Luther jusqu'à nos jours, *transportée de la religion dans la po-*
litique, a enfanté toutes nos révolutions modernes, et ce principe a
été un principe de destruction. C'est le brouillard qui a gagné et
s'est étendu sur toute l'Europe au point qu'on n'y voit plus en plein
midi. Ecoutons encore : « L'ancienne base religieuse sur laquelle repo-
« sait tout l'édifice de la société n'existe plus et à la place on n'a rien
» substitué ; les générations grandissent et se succèdent au milieu de
» notions indécises, de souvenirs confus, de maximes contradictoires.
» Hors les institutions et les exemples, *il n'y a plus rien* (2). » Voilà
donc ce qu'a produit *l'audacieuse théorie* qui a remplacé *l'ancienne*
base sur laquelle reposait tout l'édifice de la société. Mais, est-ce là

(1) Le journal le *Temps.*
(2) La *Nouvelle Minerve.*

ce que mon schisme, tout ce que ma révolte contre l'Eglise catholique, a coûté de larmes et de sang à l'humanité. La connais-tu, toi, cette histoire du protestantisme dont j'ai été le père? Connais-tu les fruits qui se sont montrés à son origine?

— Pas beaucoup : ma vie est si active ! Je ne fais qu'aller de Chauny à Servais, de Servais à Manicamp.

— Luther. Il me reste encore quelques minutes. Je vais te raconter sommairement et à la hâte l'histoire de ce schisme que nous avons décoré du nom de *sainte Réforme*.

— Je ne perdrai pas un mot ; Je vais être bien attentif.

— Luther. Tout est bien triste dans cette histoire ! L'appel à la Bible que je livrai sans défense à l'égarement, au délire, à la merci de toutes les imaginations humaines, a été le signal d'une conflagration générale. J'ai allumé un incendie. Cet incendie a gagné de toutes parts ; je n'ai pu l'éteindre. D'abord une foule d'apostats se précipitèrent sous ma bannière ; mais mon triomphe a été de courte durée. J'avais cru, insensé que j'étais, que mes nouveaux disciples allaient se tenir étroitement serrés autour de moi, comme les membres autour de leur chef, comme les aiglons autour de l'aigle.

---

tout ? Ecoutons toujours les plaintes amères que nos politiques font chaque jour retentir à nos oreilles. « Jamais, nous dit-on, depuis qua-
» rante ans, il n'y eut moins de patriotisme, moins de ressort dans les
» âmes ; tout languit, tout se détend, tout s'affaisse, tout *s'indi-*
» *vidualise* (2). » Voilà l'état présent de la société. Plus de patriotisme,
et nous le devons à l'audacieuse théorie transportée de la religion dans
la politique. (N° 1.)

(2) Le journal le *Siècle*.

Mais, hélas! ce fut dans mes propres disciples que je trouvai mes ennemis les plus implacables. Karlostad, Thomas Müncer, Mélanchthon, Œcolompade, qui s'étaient joints à moi des premiers, se séparèrent soudainement de leur maître pour se joindre à des fanatiques qui commençaient à dogmatiser en Suisse, comme en Allemagne; pendant quinze ans, nous nous sommes disputés à outrance, sans jamais pouvoir nous entendre sur le véritable sens qu'il fallait attribuer aux textes bibliques les plus importants. Chacun en appelait à la Bible, et chacun prétendait en donner le véritable sens; chacun prétendait être inspiré de l'Esprit saint, et tous falsifiaient, crucifiaient, mettaient en pièces cette sainte et adorable parole. *J'avais beau leur crier : votre version de la Bible est impie, elle est contraire à l'esprit de Dieu, vous êtes des fous, des antéchrists, des ânes; vous avez plusieurs diables dans le corps; Satan règne tellement en vous, qu'il n'est plus en votre pouvoir de dire autre chose que des mensonges. Vous êtes des scribes de Satan; vous tenez la plume pendant que votre maître dicte*

— Lepoix. S'ils méritaient ces reproches, vous avez bien fait.

— Luther. Tant que tu voudras; mais ce n'était pas là le langage d'un bon religieux. Ah! tant que j'ai porté ma robe de religieux, je n'avais une bouche que pour prier, pour bénir, pour pardonner; mais une fois séparé de mon saint habit, les paroles de douceur, de bénédiction, de pardon, furent remplacées par des menaces de mort, par des malédictions, par des déclarations de guerre contre tous mes adversaires, contre tous ceux qui n'acceptaient pas mes idées. Au lieu de prier pour eux, je demandais à Dieu qu'il *leur tordît le cou.*

— Mais vos ennemis ne vous traitaient pas mieux.

— Non sans doute, ils ne trouvaient pas d'expressions assez injurieuses contre moi et contre mes doctrines. « C'est » toi-même, me répondaient-ils, qui corromps la Bible ; tu » n'es rien moins que le diable, tu es Satan même en per- » sonne. » Je leur disais : « Si vous êtes envoyés de Dieu et » par son esprit, comme les apôtres, prouvez-le par des » miracles : vous êtes une secte manifestement hérétique, » puisque *vous commencez contre le jugement et le consen-* » *tement de l'Eglise.* » Mes cris n'étaient pas entendus et ne devaient pas l'être. Mes adversaires retournaient contre moi mes arguments et me répondaient : « *Nous commençons* » *comme tu as commencé ; si tu es envoyé extraordinairement* » *de Dieu pour réformer son Eglise, commence toi-même par* » *faire des miracles, et nous croirons en toi.* » Je me voyais ainsi attaqué, dépassé par de nouveaux prétendus ministres du saint Evangile, qui réformaient mon œuvre à peine éclose, invoquant la Bible contre moi, comme je l'avais invoquée contre mes adversaires. J'avais beau leur crier : « Arrêtez ! » ils marchaient toujours en avant et me criaient : « Arrête, » toi ! ou marche avec nous. » L'Allemagne ainsi remuée, déchirée, était en feu. Quarante mille paysans, poussés, fanatisés par les nouvelles doctrines, se massacraient dans les plaines de la Germanie, un instant auparavant si paci- fiques, brûlant, pillant les églises, égorgeant les prêtres, détruisant partout les images du Christ et des Saints, pillant tout sur leur passage, jetant au feu les livres des plus grandes lumières de l'Eglise, prêchant le nouvel Evangile à la pointe de l'épée, par le fer, par le feu, par les bûchers, par les guerres civiles, dans la haute et basse Allemagne, dans la Souabe, en France, dans les Pays-Bas, en Ecosse, en Angleterre, en Suisse où les habitants, conduits par Xwingle, et plus tard par Calvin, s'entrégorgeaient au milieu de leurs montagnes. L'Allemagne, et bientôt après l'Angleterre, ne présentaient plus que des scènes de carnage, d'incendie, de ruine et de mort. Toutes ces taches de sang que tu aperçois sur moi, sur tout mon corps, jusque sur mes paupières, jusque dans les orbites de mes yeux, ce sont autant de gouttelettes de ces flots de sang dont tant de pays ont été inondés par mon insurrection. Calvin et moi sommes couverts du sang de tous ces milliers d'innocentes victimes ! La responsabilité de leur mort, Dieu la fait peser sur nous. Ce sang qui crie vengeance, nous ne pouvons l'effacer ; il est là sur nous, incessamment devant nos yeux pour nous tourmenter horriblement, ainsi qu'on met devant un grand criminel l'horrible instrument avec lequel il a poignardé sa victime.

Voilà mon histoire ; voilà l'histoire de mes premiers disciples, d'abord se rangeant sous ma bannière en hurlant avec moi *la Bible, la Bible !* pour bientôt après, me détrôner, interprétant, torturant contre moi cette même Bible que j'avais moi-même tant torturée contre les catholiques. Voilà l'histoire du protestantisme et des fruits qu'il a produits à son origine. Voilà l'histoire de ses premiers Apôtres se battant, d'abord à coups de plume, et puis bientôt déposant le glaive de la parole pour prendre et promener partout le couteau sanglant du bourreau.

Ici Luther s'arrête, il devient sombre, il paraît agité d'une grande inquiétude.

— Lepoix. Vous paraissez vivement préoccupé.

— Luther. L'heure fatale va sonner; il me faut repasser la rive désolée.

— Lepoix. Oh! encore quelques instants. Voyez-vous là-bas dans le lointain, sur la route?

— Luther. Qui est-ce?

— Ce sont les trois plus beaux fleurons de ma couronne.

— Luther. Qui donc?

— Lepoix. En tête, c'est Mlle Esther, bonne fille qui va en éclaireur. Elle sonde le terrain; elle me prépare les voies avec son petit commerce. Voulez-vous, dit-elle, à chaque porte, du fil, du coton, des épingles, du café, des aiguilles, des agraffes, des allumettes chimiques? Allons, la vue n'en coûte rien, et puis elle entre, engage adroitement la conversation, retire avec prestesse une Bible de sa balle. « Madame, voulez-vous me permettre de vous faire une petite lecture? » Le catholique ne prévoit pas le piège. La bonne fille choisit un chapitre que nous avons préparé ensemble. Je lui ai suggéré, au moyen de certains passages que j'interprète à ma manière, une foule d'objections contre les Doctrines catholiques, tantôt contre le culte des saints, tantôt contre la confession, tantôt contre l'Eucharistie, etc. Elle retient à merveille toutes mes objections et les présente avec une adresse inimitable. Le catholique, pris au dépourvu, quelquefois ne sait trop que répondre ; il hésite, sa foi est ébranlée ; cela suffit ; je me charge du reste.

— Luther. Bien, très-bien. Je comprends : c'est-à-dire, que cette fille, dirigée par toi, enseigne aux catholiques à abjurer leur foi pour se faire Protestant - *Baptiste - Evangélique* et augmenter ton petit troupeau et te faire reconnaître toi et ton culte par l'Etat.

— Lepoix. Précisément : nous ne sommes pas autorisés, reconnus par l'Etat, *parce que nous sommes peu nombreux. Je prêche afin d'attirer des prosélytes, et alors il faudra bien qu'on nous reconnaisse* (1).

— Luther. Et alors votre position serait régularisée ; elle serait plus lucrative ; vous seriez tous trois réellement ministres protestants, toi d'abord, puis Foulon ton vicaire, et Bézin le colporteur, qui, alors, pourrait envoyer quelques secours à sa femme et à ses enfants qu'il a abandonnés dans la misère, a dit le procureur du roi de Laon. Mais le nombre de tes prosélytes n'augmente pas beaucoup. Quelles sont encore les deux autres personnes qui s'avancent à côté de cette fille que tu nommes Esther ?

— Lepoix. C'est Madame... Ah ! son nom m'échappe !... Elle réside à Rouy, ici tout près.

— Luther. Enfin, c'est une femme.

— Lepoix. Oui.

(1) Ainsi s'exprimait Lepoix devant le tribunal correctionnel de Laon, le 22 janvier 1847.

— Luther. Et la troisième personne?

— Lepoix. C'est Madame... Ah! son nom m'échappe encore...

— Enfin, c'est encore une femme?

— Lepoix. Oui. Elle réside à Charmes!

— Toujours des femmes, et tu en fais bravement tes collègues, des Evangélisateurs, des interprêtes de la Bible à l'encontre de l'Eglise catholique?

— Lepoix. Elles ont accepté ce rôle.

— Je le crois bien. Mais elles feraient beaucoup mieux de faire leur ménage et de le bien faire.

— Lepoix. Je pense qu'elles le font bien.

— Luther. Leurs maris le savent. Je n'examine pas la question. Mais peux-tu sérieusement faire entrer des femmes dans un si grave ministère, leur confier l'explication de la parole de Dieu, les établir docteurs, maîtres en Israël? Est-ce à des femmes qui doivent écouter, obéir et marcher humblement comme les plus humbles brebis du troupeau, qu'il est possible de conférer un tel office? Est-ce à des femmes que le fils de Dieu a dit : « *Je vous donne tout pouvoir, allez, instruisez, baptisez, enseignez aux hommes à pratiquer tout ce que je vous ai enseigné; ceux à qui vous remettrez les péchés, ils leur seront remis. Et voici que je suis avec vous pour toujours, jusqu'à la consommation du monde* (1). » « Je ne permets pas à la femme d'enseigner dans l'Eglise,

_____

(1) Mathieu. — Chapitre XXVIII, 18, 19, 20. — St-Luc. — Chapitre XXI, 15.

dit saint Paul. *Qu'elle écoute en silence* (1). Voilà le rôle dévolu aux femmes. Ne leur en donne pas d'autres. Elles peuvent te compromettre gravement, au lieu d'observer religieusement la loi qui commande à la femme de suivre son mari; elles te suivent dans la plupart de tes excursions apostoliques, tantôt à Servais, tantôt à Charmes, quelquefois même à Manicamp, malgré la longue distance des lieux.

— Lepoix. Elles n'y viennent que lorsque j'ai à débaptiser un catholique pour lui conférer un nouveau baptême.

— Ah! oui, à propos de baptême; dis-moi donc, c'est un singulier baptême que celui que tu administres!

— Lepoix. Je fais venir mes catéchumènes à la rivière de Manicamp, et là, c'est une noyade que je leur fais subir.

— Tu fais cela aux filles?

— Comme aux hommes.

— Et elles s'y prêtent?

— Mon Dieu, oui.

— Mais s'il leur survenait tout-à-coup un éblouissement et qu'elles tombassent la tête dans l'eau?

— Je les saisirais bien vite par les habits.

— Et si elles te saisissaient toi-même par le cou ou par les jambes?

— Lepoix. La situation deviendrait assez embarrassante.

— Sais-tu nager, du moins?

— Pas beaucoup.

— Vois comme tu t'exposes et comme tu peux exposer

---

(1) Timoth. — Chapitre I. — Epist. I., v. 9, 10, 11, 12, 15.

la vie des autres. Il y a deux jours, tu faisais l'oraison funèbre de ce pauvre Emmanuel, candide jeune homme enlevé si soudainement à sa famille, à son pays. Eh bien! sais-tu à quoi plusieurs attribuent la mort prématurée de cette infortuné jeune homme ?

— Lepoix. A quoi donc? Ce n'est pas à moi, j'espère.

— Non sans doute; mais, et cela est possible, au voyage de Manicamp où il serait arrivé excédé de fatigue, couvert de sueur, mouillé jusqu'aux os. Tu le sais ou tu dois le savoir : quand la peau est très échauffée, qu'elle transpire abondamment, comme à la suite d'une marche longue ou précipitée, elle est dans un état de surexcitation voisine de l'inflammation; si l'on se jette subitement dans une atmosphère froide et humide, cette surexcitation cutanée peut se répercuter à l'instant sur un organe essentiel à la vie et déterminer une maladie aiguë, mortelle, suivant la constitution de l'individu. Eh bien! ce pauvre Emmanuel, d'une poitrine sensible, délicate, serait donc arrivé à Manicamp, hâletant de fatigue, tout trempé de sueur.

— Lepoix. Mais je nie cela.

— Luther. Les méchantes langues te répondront qu'il est tout naturel que tu le nies, parce que tout mauvais cas est niable : sans doute on ne peut pas, on ne doit pas t'imputer cette mort si déplorable, ni dire que tu as péché contre le cinquième commandement du Décalogue, *tu ne tueras pas.* Mais, ce que tu ne peux nier, c'est que cet infortuné jeune homme, sur ton invitation, a fait quatre mortelles lieues, et qu'arrivé à Manicamp, pour effacer, s'il était possible, son baptême catholique et lui en donner un de ta main et de ta façon, tu l'as fait, imprudemment peut-être, entrer dans la rivière où tu l'as plongé et replongé, ensuite envoyé se revêtir d'autres habits dans un petit bois voisin, sous une ombre perfidement hospitalière. Cela est vrai ou n'est pas vrai. Mais, c'est ainsi que les faits sont rapportés. Eh bien! par suite de cette noyade de presque tout le corps, il est possible qu'il en soit résulté une suppression plus ou moins brusque de la transpiration qui se serait répercutée, en effet, sur les poumons : de là, un catarre pulmonaire; de là, une phthisie; de là, la mort.

— Lepoix. Je serai plus prudent à l'avenir. Je ne le ferai plus.

— A la bonne heure. Laisse là toutes ces excentricités qui excitent la risée publique. Tu crois peut-être, par ton baptême, imiter le baptême donné par l'apôtre Philippe à l'officier de la reine d'Éthiopie; mais fais donc attention qu'ils étaient l'un et l'autre près d'un fleuve, et que l'officier n'eut que la peine de descendre de voiture. L'apôtre ne l'a pas fait voyager pendant six lieues, et puis il n'est pas dit qu'il le plongea à plusieurs reprises dans le fleuve.

— Ah! ne me rappelez pas un si cruel souvenir! Je ne le ferai plus!

— Ici Luther s'arrête de nouveau; il paraît en proie à une vive agitation, il pâlit; ses yeux déjà bordés de rouge comme un homme qui a longtemps pleuré, se rougissent de plus en plus. Tout-à-coup il allonge le bras, et avec un visage

blême, des lèvres crispées et dédaigneuses, un regard d'où
semblent sortir des éclairs, il s'écrie en s'adressant à M.
Lepoix : « Tu fais fausse route ; la voie que tu suis te paraît
droite, elle conduit à l'abîme. Hâte-toi de rentrer dans le
sein de l'Eglise *qui persévère depuis les Apôtres;* abjure tes
erreurs ; renonce à mes doctrines et cesse de les enseigner,
ce sont des doctrines sorties de l'enfer. »

« J'ai enseigné que la contrition ou le repentir de ses
» crimes n'est pas nécessaire pour gagner le Ciel ; cette doc-
» trine est abominable, contraire à l'Evangile, ne l'enseigne
» plus.

» J'ai enseigné que la satisfaction ou la réparation des

crimes par les bonnes œuvres opposées aux crimes commis
» n'est pas nécessaire; c'est encore une doctrine fausse,
» réprouvée; ne l'enseigne plus,

   » J'ai enseigné l'inutilité des bonnes œuvres, et j'ai osé
» dire que l'homme pèche, même lorsque ses lèvres s'ou-
» vrent pour prier ou bénir, pour pleurer et se repentir.
» J'ai dit que tout ce qui est en nous est tellement péché,
» damnation, que l'homme ne peut faire le bien; et après
» avoir enseigné ces affreuses doctrines dont je me suis ef-
» forcé de rendre saint Paul complice en abusant de ses pa-
» roles, j'ai enseigné qu'en péchant, si on ne cessait pas
» de croire, on ne péchait pas; qu'en croyant à l'agneau
» qui efface les péchés du monde, le péché ne saurait nous
» arracher à cet agneau, *quand nous forniquerions et tuerions*
» *mille fois par jour* : c'est là ce que j'ai appelé *croire*; c'est
» là ce que j'ai appelé *avoir la foi.* » Cela est horrible, c'est
une doctrine sortie de l'enfer, qui m'a été inspirée par
Satan. Oh! ne l'enseigne plus! n'enseigne plus du tout; car
tu n'as pas reçu la mission divine que Jésus-Christ a donnée
à ses Apôtres, ses Apôtres à leurs disciples, saint Paul à
Timothée et à Tite, Tite et Timothée aux évêques, les évêques aux prêtres, se transmettant ainsi, depuis dix-huit
cent quarante-huit ans, les uns aux autres et de la main à la
main, les pouvoirs divins, la mission divine, la divine doctrine qu'ils ont reçue de l'Homme-Dieu. Il leur a dit en
quittant la terre : « *Comme mon Père m'a envoyé, je vous*
envoie; ceux à qui vous remettrez leurs péchés, ils leur seront
remis.·. Allez, enseignez les hommes, les baptisant au nom

3

*du Père, du Fils et du Saint-Esprit, leur apprenant à pra-
tiquer tout ce que je vous ai enseigné.* »

Les entends-tu ces divines paroles? Sont-elles assez clai-
res? Qu'as-tu à y répondre? Tu ne veux pas que les prêtres,
parce qu'ils sont des hommes, aient reçu le pouvoir de
remettre aux autres hommes leurs crimes, et de déposer
dans le cœur du coupable la douce et ineffable espérance du
pardon. Mais peux-tu de bonne foi résister à ces paroles si
péremptoires, si lumineuses: *comme mon père m'a envoyé, je
vous envoie. Ceux à qui vous remettrez leurs péchés, ils leur
seront remis et moi je ne me sépare pas de vous, je serai avec
vous tous les jours jusqu'à la consommation des siècles.* Tu le
vois : Jésus-Christ et les pasteurs de son immortelle Eglise,
c'est une chaîne divine dont le premier anneau est dans le
Ciel. Le père envoie le fils, le fils envoie ses apôtres, les
apôtres leurs successeurs, et toi, qui t'a envoyé? d'où viens-
tu? tu es entré furtivement dans la bergerie, par une fausse
porte. Celui, dit Jésus-Christ, qui entre par la fausse porte,
*c'est un larron, c'est un voleur qui vient enlever la brebis,
la perdre, la déchirer et la mettre en pièces.* Je te laisse avec
ces paroles foudroyantes. Plus heureux que le mauvais riche
j'ai obtenu de sortir de l'abime pour venir te donner ces
avertissements. Si tu péris, ta *perdition viendra de toi, per-
ditio tua ex te.*

Ces paroles étaient à peine achevées que l'ombre avait
disparu, enveloppée dans un nuage rouge d'où de grosses
gouttes de sang suintaient. Lepoix restait immobile, saisi
d'épouvante ; ses jambes faiblissaient, s'affaissaient, refu-

saient presque de faire leur office. Tout-à-coup le jour s'as-
sombrit, il s'élève une tempête furieuse; le tonnerre grondait,
les éclairs se succédaient presque sans intervalle, le ciel
était éclairé comme par les sinistres lueurs d'un incendie.
Lepoix, pourtant, avait essayé de poursuivre son chemin,
mais la frayeur le dominant toujours, il avait bientôt perdu
sa route, et, sans s'en apercevoir, il s'était enfoncé dans l'é-
paisseur d'une forêt voisine. Les arbres, tourmentés par la
violence du vent, s'agitaient en tout sens, se croisaient, tantôt s'abaissant jusqu'à terre, tantôt se relevant avec une
vitesse et une force effrayante, se heurtant, se fuyant, puis
se rapprochant de nouveau et se brisant les uns sur les autres.
Vous eussiez dit des hommes furieux délirants, poussant des
clameurs furibondes, se précipitant les uns contre les autres
avec rage, avec désespoir, puis se séparant, fatigués de leurs
propres conquêtes et las de leurs triomphes, puis se dressant
de nouveau, revenant à la charge, recommençant le combat
avec une nouvelle fureur, s'entr'égorgeant de leurs propres
mains. Vous eussiez pris le bruit des éléments s'entrechoquant
avec fracas pour les mugissements plaintifs des animaux
se débattant contre les étreintes de la mort, sous les dé-
combres de leurs habitations embrasées par le feu du ciel,
ou entraînées par les eaux d'une pluie torrentielle. Tout-à-
coup, il se fit un grand calme. Le ciel, déchargé des lourds
nuages qu'un vent impétueux précipitait les uns sur les
autres, était redevenu serein, azuré comme aux plus beaux
jours de l'été. Le soleil projetait, à travers les branches
épaisses des arbres, des flots de lumière. Lepoix était un

peu remis de sa frayeur ; il avançait méditant, ruminant, la tête baissée, sur cette terrible apparition, lorsque, relevant les yeux, il aperçoit devant lui une nouvelle figure humaine, au maintien sévère, au front large, méditatif, annonçant une intelligence supérieure. Sa figure, semblable à une figure céleste, rayonnait comme d'une magnifique auréole de gloire. Saisi d'un respect involontaire, Lepoix n'osait lui adresser la parole. Enfin, faisant un effort sur lui-même, d'une voix humble et timide, il s'écrie en joignant les deux mains : « Devant qui ai-je le bonheur de me trouver ? »

— Devant l'élu de la grande nation, devant le soldat heu-

reux que le grand et invincible peuple, après des jours de

deuil, a appelé à sa tête, qu'il a nommé son premier consul, puis consul à vie ; puis, pour joindre aux glorieux lauriers qui ceignaient mon front, la plus belle couronne de l'univers, il posa sur ma tête la couronne d'empereur, et une fille des Césars se félicita de monter sur le trône à mes côtés.

— Vous êtes le vainqueur de l'Europe !

— Je le suis.

— Napoléon-le-Grand !

— Je le suis.

— Le géant des temps modernes !

— Et toi, qui es-tu ?

— Je suis *Ministre Protestant-Baptiste-Evangélique* (1)

— Ah ! ah ! ah ! — Et par qui tous ces titres magnifiques t'ont-ils été conférés ?

— Par des prêtres qui m'ont trouvé les capacités nécessaires, et qui m'ont imposé les mains (2). Je snis *consacré évangéliquement* (3).

— Comment ! des prêtres catholiques t'ont conféré les titres de *Pasteur-Protestant-Baptiste-Evangélique*, et cela, conformément aux prescriptions de mes lois organiques qui règlent la matière ?

— Oh ! non, ce ne sont pas des prêtres catholiques, puisque, au contraire, je les combats tous les jours. Ceux

(1) Réponse de M. Lepoix devant la police correctionnelle de Laon, audience du 22 janvier 1847.

(2) Même audience.

(3) *Ibid.*

qui m'ont consacré, imposé les mains, après m'avoir reconnu les capacités nécessaires, ce sont des hommes du monde, *c'est une assemblée de nos frères.*

— Fort bien. Et c'est là ce que tu appelles des prêtres? C'est là ce que tu appelles être consacré évangéliquement? Brisons là-dessus, j'en sais assez. Et de qui relèves-tu?

— « Je suis *ministre de mon culte*, et (avec chaleur) *je ne relève que de moi* (1). »

— Eh bien! c'est à merveille, cela! *Ministre-Protestant-Baptiste-Evangélique*, ne relevant que de soi-même! Pouvoir enseigner tout ce que l'on veut sans craindre d'être contredit ni contrôlé par personne, c'est beau, cela! Courage! tu es, dis-tu, ministre de ton culte, et quel est ton culte?

— Il n'y a entre moi, *ministre-baptiste*, et un ministre de la confession d'Augsbourg, d'autre différence que la reconnaissance de l'Etat, c'est-à-dire *le salaire* (2).

— C'est-à-dire, qu'au fond, il n'y a aucune différence. Comment se fait-il, alors, que tu ne te sois pas entendu avec tes frères? Puisque tu touches de si près au protestantisme, qu'il n'y a que *le salaire* qui vous sépare, les ministres protestants ne t'eussent pas repoussé, pas plus qu'ils n'ont repoussé mille sectes bien autrement divergentes. On eût pu s'entendre; tu aurais, comme eux, touché un salaire de l'Etat, et la petite distance qui vous sépare eût disparu, la

(1) Réponse de M. Lepoix au procureur du roi, même audience.

(2) Réponse de M. Lepoix, même audience.

conformité eût été complète. As-tu essayé de te faire recevoir ministre protestant ?

— Lepoix garde le silence.

— Allons, il y a quelque chose que tu ne m'expliques pas (1). Enfin, ce qu'il y a de certain, c'est que tu n'es pas catholique.

— Lepoix. Je ne le suis point.

— Tu es protestant, tu es avec Luther, avec Calvin ; tu enseignes leurs doctrines, leur Evangile. Eh bien, si tu veux, avant de nous séparer, je vais te dire tout ce que je pense de Luther, de Calvin, du protestantisme et du catholicisme.

— Oh! parlez, sire, parlez.

— Écoute bien : « On peut appeler le protestantisme, si
» l'on veut, la religion de la raison, dénomination bien con-
» venable, pour *une invention de l'homme.*

» Le catholicisme au contraire est la religion de la foi,
» parce qu'il est l'œuvre de Dieu.

» Sans doute nous avons tous du penchant à rapporter
» tout à l'aune de notre jugement, et à ne croire que ce qui
» tombe sous nos sens.

» Humainement parlant, je m'arrangerais de faire la cène

(1) Ce qu'il n'explique pas, le procureur du roi l'a expliqué à l'audience. L'explication, a-t-il dit, est facile. C'est que Lepoix, Foulon,
Bézin, n'ont rien de ce qu'il faut pour être ministres protestants. C'est
que la loi exige des études qu'ils n'ont pas complétées, des garanties
de capacité *délivrées* par les ministres protestants. Leur orgueil ne leur
permet pas d'attendre, d'étudier ; ils s'improvisent ministres, se disent
ministres, subissent une *consécration* illusoire, croient que c'est tout,
et ils prêchent et enseignent.

» en mémoire de Jésus-Christ, plutôt que de manger réelle-
» ment son corps et de boire son sang, ce qui est difficile à
» entendre et dur à croire.

» Mais dois-je m'étonner de rencontrer des mystères dans
» la religion, quand j'en vois partout dans la nature. Moi
» qui ne conçois rien de la création, qui ignore l'essence des
» choses, dois-je m'étonner que l'explication même de tant
» de mystères soit un dogme tout mystérieux? Je m'étonne-
» rais plutôt qu'il en fût autrement.

» Oui, la religion est ce qu'elle doit être, eu égard à la
» grandeur de l'Être-Suprême et à la misère d'une pauvre
» créature; j'y vois précisément la preuve de la vrai religion.
» Pourquoi ne pas nier l'azur, parce qu'on ne peut ni en
» mesurer ni en embrasser l'immensité avec le compas?

» Il n'est que Dieu, il n'est que la foi qui puisse atteindre
» et résoudre ces hautes questions de la création du monde
» et de la destinée humaine.

» D'ailleurs, si le protestantisme s'approprie mieux à mon
» imbécilité humaine, comme roi, comme chef d'un grand
» empire, je demeure catholique.

» Le catholicisme est la religion du pouvoir et de la société,
» comme le protestantisme est la doctrine de *la révolte et de*
» *l'égoïsme.* La religion catholique est une, mère de la paix
» et de l'union.

» L'hérésie de Luther et de Calvin est une cause éternelle
» de division, un ferment de haine et d'orgueil, un appel à
» toutes les passions.

» Le clergé catholique a présidé à la fondation de la so-

» ciété européenne; ce qu'il y a de meilleur dans la civilisa-
» tion moderne, les arts, les sciences, la poésie, tout ce
» dont nous jouissons est son ouvrage. Tous les éléments
» d'ordre qui assurent la paix des états, sont encore un de
» ses bienfaits.

» Au contraire, le protestantisme a signalé sa naissance
» par la violence, par les guerres civiles. Après avoir détruit
» l'autorité par un esprit de doute, et par une critique de
» mauvaise foi, l'hérésie a préparé, par l'affaiblissement de
» tous les liens sociaux, la ruine de tous les états. L'individu
» livré à lui-même, s'abandonne au scepticisme; le besoin
» de croire, de se confier à son semblable, est la base de tous
» les rapports des hommes entre eux : on a sapé cette base.

« Un protestant honnête homme ne peut pas ne pas mé-
» priser Luther et Calvin, ces violateurs éhontés du second
» commandement de Dieu : l'idée de Dieu est inséparable de
» la foi à la parole. Qu'espérer de bon de ces deux réligieux
» catholiques, déserteurs de leur couvent et de la foi jurée?
» Ils étaient liés par les vœux les plus solennels, et qui obligent
» le plus étroitement, ceux de la religion, ils y renoncent
» sans avoir aucune excuse! Ces deux moines apostats,
» ignoraient-ils que le serment est la base des sociétés. Ils
» ont mis de côté le célibat, pour favoriser, pour assouvir
» leur luxure et celle des princes qui les protégeaient. Sont-ce
» là des hommes de Dieu? Un Henri VIII, un Luther, un Calvin
» peuvent-ils être des agents, des intermédiaires de la divinité?
» D'ailleurs, qu'est devenu le protestantisme primitif? les
» protestants n'en ont rien retenu que la maxime absurde

» de ne s'en rapporter qu'à soi, sur les matières religieuses.

» Aussi, de nos jours les protestants ne s'entendent pas plus
» entre eux qu'avec nous autres catholiques.

» On compte 70 sectes reconnues, on en compterait 70,000
» si l'on consultait chaque protestant sur sa croyance.

» Et comment en serait-il autrement? est-il un lien assez
» fort pour réunir des hommes qui croient plus à eux-mêmes
» qu'à des règles, à des définitions et à un symbole? qui
» n'admettent ni base fixe, ni autorité? qui demain peuvent
» rejeter ou démentir leurs croyances d'aujourd'hui.

» L'empereur Alexandre et moi, nous aurions peut-être
» rétabli l'unité entre les communions chrétiennes. Nous en
» avions conçu le projet; cela était possible. Mais où trouver
» un point de ralliement avec des sectaires dont la secte est
» fondée sur une base aussi mouvante que le droit pour cha-
» que individu d'interpréter l'Evangile, suivant les inspirations
» de sa conscience, sans assujétissement ni à la tradition, ni
» à l'autorité.

» Il est vrai que le catholicisme est un océan de mystères;
» mais outre que le protestantisme les admet presque tous,
» la religion catholique possède des avantages qui me la fe-
» ront toujours préférer à toute autre. Elle est *une*, elle n'a
» jamais varié, et elle ne peut changer. Ce n'est pas la religion
» de tel homme, mais la vérité des Conciles et des Papes,
» qui remonte saus interruption jusqu'à Jésus-Christ son
» auteur.

» Elle possède tous les caractères d'une chose naturelle et
» d'une chose divine; elle plane au-dessus des passions et des

» vices; elle est un soleil qui éclaire notre âme avec mystère
» et majesté; elle est infiniment supérieure à notre esprit; et,
» malgré cette supériorité, très-appropriée aux plus com-
» munes intelligences. Sa vertu est une vertu cachée, qui est
» au-dedans de l'homme, comme la sève au-dedans des
» arbres.

» Telle est la religion catholique, qui met l'ordre partout
» qui est à la fois un lien social et un lien religieux, qui for-
» tifie le pouvoir, qui prêche à tous l'union et l'amour, et
» qui persuade merveilleusement à chacun son devoir.

» On ne peut expliquer le succès de Luther et de Calvin
» que par les passions des hommes et par le secours qu'ils
» reçurent de la politique des princes et des grands, qui se
» servirent de l'hérésie comme d'une arme contre le pouvoir
» royal et contre l'autorité ecclésiastique? Mais comment un
» homme de bon sens peut-il demeurer protestant dans ces
» temps-ci? Aussi le protestantisme existe plutôt par ses
» conquêtes passées que par sa force présente.

» Quelle est la religion qui soit absolue, qui éclaire, di-
» rige et tranquillise la conscience comme la foi chrétienne?
» Les fausses religions laissent l'esprit comme un vaisseau
» sans pilote, errer à l'aventure. Le protestantisme lui-même,
» montre bien sa triste origine par l'abandon *qu'il fait du*
» *gouvernement de l'âme.*

» Et je conçois que Luther et Calvin aient eu peur de ce
» fardeau. Oui, je conçois qu'un homme recule toujours de-
» vant la direction des consciences. Dieu seul a pu s'en saisir
» comme d'un sceptre qui lui appartient à lui seul.

» Toutes les religions, hormis la religion chrétienne, re-
» jettent l'âme dans le commerce de la vie commune.

» C'est pour cela que je suis chrétien, catholique, romain (1). »

(1) On sait que Napoléon à Sainte-Hélène s'était tout entier jeté dans
les bras de la religion ; mais ce qu'on ignore en général, c'est que le
gouvernement anglais avait empêché pendant deux ans l'arrivée de son
aumônier à Sainte-Hélène ; selon le témoignage du comte Montholon
et de Las Cases, Napoléon était vivement touché de cette privation.
Plusieurs fois on lui avait entendu dire avec un sentiment profond d'a-
mertume : « J'ai pu me résigner à tous les sacrifices, mais il est, dans
cette île maudite, deux privations auxquelles je ne puis m'habituer :
pas de cloches et pas de prêtres. » Ce ne fut que par l'intervention de
Pie VII, dont il avait réclamé l'appui, que le gouvernement anglais se
décida à laisser partir les deux prêtres désignés par le souverain pon-
tife. Quand il reçut les dépêches de lord Balhurst, lui apprenant que son
aumônier allait lui être envoyé, il éprouva la joie la plus vive.

Enfin, disait-il, nous entendrons la messe le dimanche : revoir la religion, c'est revoir la patrie. Privés de nos familles, du moins nous en
aurons les mœurs ; nous aurons un lien, une communication avec l'Europe, l'union des souvenirs. Si nous fondons un autel catholique ici,
nous aurons le droit d'en être fiers, car nous y arborerons l'étendard
de la France et d'une victoire perpétuelle contre l'ennemi. Oui, la religion va élever une nouvelle barrière entre Plantation-House et Longwood;
entre ces hérétiques et moi. Ces prêtres qui arrivent, ce sont des corré-
ligionnaires, des compatriotes, des frères, un renfort contre l'Angleterre. Sur le trône, environné de généraux qui étaient loin d'être dévots,
oui, je ne le cache pas, j'avais du respect humain et beaucoup trop de
timidité ; et peut-être je n'aurais osé crier tout haut: je crois. Je disais :
la religion est une force, un rouage de ma politique ; mais alors même,
si l'on m'eût questionné en face, j'aurais répondu : oui, je suis chrétien,
et s'il eût fallu confessé la foi au prix du martyre, j'aurais retrouvé tout
mon caractère ; oui je l'aurais enduré plutôt que de renier ma religion.
Maintenant que je suis à Sainte-Hélène, pourquoi dissimulerais-je ce que
je pense au fond de l'âme ? Ici, je vis pour moi. Je veux un prêtre, je
veux la messe et professer ce que je crois.

(*Conversations religieuses à Ste Hélène, recueillies*
par le général Montholon.)

— As-tu quelque chose à contredire dans ce que je viens
de dire?

— Non, Sire, non.

— Crois-moi, mon cher, sois catholique, bon catholique,
et laisse-là le réformateur Luther qui aurait dû rester dans
sa cellule et commencer par se réformer lui-même avant de
songer à réformer les autres. Laisse-là toutes ses méchantes
doctrines qui, au lieu de réformer ont tout déformé, tout
brouillé et fait couler tant de sang. Tu viens d'être témoin
d'une tempête telle que, de mémoire d'homme, on n'en a
jamais vu de semblable. Vois tous ces chênes séculaires qui
portaient dans les cieux leur tête magnifique et plongeaient
leurs racines dans les profondeurs de la terre, arrachés en un
instant, brisés comme de faibles arbrisseaux. Ces campagnes
tout-à-l'heure si riches, si chargées de toutes les bénédic-
tions du ciel, ne présentent plus que des ruines, des débris;
c'est comme une terre éternellement désolée, aride, inculte,
que le soc de la charrue n'a pas encore touchée. Les regards
sont attristés! Ne dirait-on pas une terre frappée continuel-
lement de la foudre et que le ciel a maudite? Le pied, l'ombre
de Luther aurait touchée un instant cette malheureuse con-
trée que je n'en serais pas étonné. Oh! que ces noirs et ef-
frayants nuages se précipitant avec fureur les uns sur les
autres, se heurtant avec fracas et fesant jaillir incessamment
la foudre, représentaient bien cet incendie universel que cet
apostat a allumé dans toute l'Europe! Ces craquements des
arbres, ces tronçons des branches et ces branches entières
se détachant tumultueusement de leur tronc et volant par-

tout en éclats, ces arbres s'agitant en tout sens, se mêlant, se repoussant, figurent des grouppes animés, parlant tous à la fois, vociférant comme des menaces de mort; n'étaient-ce pas les sombres et trop faibles images de cette nouvelle tour de Babel, de ce pêle-mêle, de ce tohu-bohu de toutes les sectes dissidentes sortant du protestantisme, se fractionnant, se mutilant en mille lambeaux, se fesant dès leur origine, une guerre *plus cruelle que celle des Centaures* (1), après avoir promené sur l'Eglise catholique leur mère et leur ennemi commun, un véritable glaive exterminateur. — Oui, l'ombre de Luther aurait reposé ici un instant et aurait en rentrant dans l'abyme excité cette furieuse tempête, que je n'en serais pas surpris. — Me promets-tu de réfléchir à tout ce que tu viens d'entendre?

— Je vous le promets, Sire.

— Sérieusement?

— Oh! bien sérieusement. J'en fais serment.

— Ah! les serments! les hommes en violent autant qu'ils en font. Je n'y compte pas plus que sur une planche pourrie; mais je compte sur ta parole. Bon voyage, mon garçon!

— Ah! Sire, permettez que je touche la main de Votre Majesté, la main de mon empereur. L'empereur tenait toujours la main étendue. Lepoix approche la sienne pour la toucher, mais l'ombre avait déjà disparu.

Lepoix, silencieux, dans une muette extase, restait profondément plongé dans la rêverie que lui inspirait cette

(1) Paroles de Mélanchton.

double apparition. Enfin, d'nn pas délibéré il se remit en
route, et, au bout de quelques heures, il se trouvait à
Chauny.

www.ingramcontent.com/pod-product-compliance
Lightning Source LLC
Chambersburg PA
CBHW061709180626
46818CB00003B/1332